"닮은 우리, 다른 우리 그래도 사랑이야."

"닮은 우리, 다른 우리 그래도 사랑이야."

사랑은 어느 곳이나, 누구에게나 흘러간다

우리가 다양한 관계를 맺으며 살아가는 삶 속에서의 사랑은 어떤 모습일까? 마음의 조각들을 서로 찾아가며 맞춰가는 일상에서 내 마음에 합한 퍼즐을 맞추기란 쉽지 않다. 사랑을 채우고 나누고 싶은 마음은 컸지만, 아이러니하게도 내 마음에는 사랑이 없다고 생각하곤 했다. 넘쳐도 부족해도 힘든 게 사람 관계이고, 특히 사랑은 주는 것보다 받는 게 먼저임을 몰랐었다. 내 마음이 먼저 채워져야 또 누군가에게 전해지고 사랑의 선순환이 이루어진다. 그저 앞만 보고 걸어가던 나에게 감사하게도 스승과 같은 사람들이 채워지고, 그들을 통해 꽃보다 들풀이 더 아름다울 수 있다는 것도 배웠다. 그렇게 비우고 채우는 시간을 거쳐 누군가에게 그동안 채워진 사랑을 전하고 싶은 용기가 생겼고, 내가 무엇보다 좋아하는 그림으로 이야기 해야겠다는 생각이 들었다.

먼저 그림에 등장하는 나무에 내 자신을 투영했다. 예전에 나는 무미건조하고 그저 묵묵히 별다른 특징 없는 나무의 모습이었다면, 지금 그림에 등장하는 나무는 커다랗고 풍성한 열매로 정체성을 드러낸다. 컬러도 무채색이 아닌 자신의 컬러를 확실히 나타내고, 사람들이 다가오기만을 기다리는 게 아니라 다가올 수 있도록 내 자신을 충분히 표현한다. 또한 나무에 있는 눈은 용기를 내어 세상을 바라보는 작가의 시선을 의미한다. 예전에 꿈꾸기만 했던 모습들이 나에게 사랑을 채워 준 사람들 덕분에 하나씩 변화되고, 완성되어 가고 있다. 그리고 나무와 더불어 여러 동물이 등장하는데, 나무에 없어서는 안 될 소중한 친구들이다. 서로 필요한 것들을 채워 주고 무한한 사랑과 위로, 휴식, 평안을 공유하며, 서로에게 좋은 친구가 되어 준다. 내 그림에는 화려하거나 특별한 의미를 담고 있지는 않다. 다만, 사랑보다 더 큰 가치는 없다고 믿기에 사랑을 이야기하고 있다. 사랑을 그리면서 나 역시 채워지고, 감상하는 사람들 마음에도 자신과 소중한 사람들에게 전해 줄 사랑이 가득 채워지기를 바랄 뿐이다. 또한 그림에 등장하는 큰 하트 속 작은 하트의 심볼은 우리의 삶 속에서 크고 작은 사랑의 관계를 의미하고, 모든 그림은 유채를 사용하여 캔버스에 담고 있다.

사랑은 생각보다 쉽고 누구에게나 흐르는 것임을 형형색색으로 전하며, 닮음과 다름 속의 우리지만 서로 사랑하기를 소망한다. 이 모든 이야기는 작가가 전하는 사랑 고백이다.

"넌 무슨 나무야?"

"난 그냥 나무야."

나무 한 그루가 늘 그랬듯 묵묵히 자리를 지킵니다.
"때론 외롭지만, 그래도 괜찮아. 난 그냥 나무니까."

하지만 사실, 나무는 괜찮지 않았습니다.
"나에게도 누군가 다가와 줬음 좋겠어."

다가와 줘_빨간 사과나무 | 100x72.7cm | Oil on canvas | 2021

다가와 줘_빨간 사과나무

누군가 먼저 다가와 주길 바라는 시간이 있었습니다.

"고마워…. 용기내 줘서. 이젠 내가 다가갈게."

나랑 놀자_롤리팝 나무

"나 아주 먼 곳에서 왔어. 너랑 놀고 싶어서.
나랑 놀래?"

나랑 놀자_롤리팝 나무 | 100x72.7cm | Oil on canvas | 2021

친해지고 싶어_초록 사과나무 | 72.7x60.6cm | Oil on canvas | 2022

친해지고 싶어_초록 사과나무

'친해지고 싶어….'
마음속으로만 되풀이했던 말.
"이젠 말할래! 용기가 생겼거든."

나무에게 하나둘 친구가 생겼습니다.
그리고 나무도 용기 있게 커다란 열매로 자신을 드러내며
친구들에게 마음을 표현했습니다.

"친구는 좋은 거구나."

"친구는 행복한 거구나."

"친구는 따뜻한 거구나."

"다른 듯 닮았어 우리."

다른 듯 닮았어 우리_오렌지 나무 ┃ 65.2x100cm ┃ Oil on canvas ┃ 2021

좋으면 닮나 봐_파인애플 나무 | 80.3x80.3cm | Oil on canvas | 2021

"닮아서 좋은 걸까?"

"좋아하면 닮는 걸까?"

나무는 사랑하는 친구들이 있어 행복했습니다.

친구들은 사랑하는 나무가 있어 행복했습니다.

행복은 달콤해_컵케이크 나무 | 60.6x60.6cm | Oil on canvas | 2022

행복은 달콤해_컵케이크 나무

"너의 행복은 무슨 맛이야?"

행복은 특별하지 않아_빨간 사과나무

"특별하지 않아서 행복해."

행복은 특별하지 않아_빨간 사과나무 | 45.5x45.5cm | Oil on canvas | 2023

반갑다 친구야_달 나무

"너와 함께할 시간이 기대돼."

반갑다 친구야_달 나무 l 45.5x45.5cm l Oil on canvas l 2022

우리 소풍 갈래?_복숭아 나무

"좋지! 같은 추억을 만들어 볼까?"

우리 소풍 갈래?_복숭아 나무 I 45.5x45.5cm I Oil on canvas I 2022

신나게 놀아 볼까?_오렌지 나무

"난 준비됐어. 넌?"

신나게 놀아 볼까?_오렌지 나무 | 45.5x45.5cm | Oil on canvas | 2022

달콤함에 빠졌을 때_달 나무

누군가에게 빠질 수 있는 용기가 생겼습니다.

"서로가 서로에게 빠졌을 때, 달콤하고 행복해."

달콤함에 빠졌을 때_달 나무 | 72.7x72.7cm | Oil on canvas | 2024

"행복에 빠졌어."

만나서 행복해_도넛 나무 | 72.7x60.6cm | Oil on canvas | 2023

만나서 행복해_도넛 나무

행복을 주는 친구들을 만났습니다.
"널 만나게 될 줄 몰랐어.
나에게 행복이 되어 줘서 고마워."

달콤한 멜로디_마카롱 나무 | 91x72.7cm | Oil on canvas | 2022

달콤한 멜로디_마카롱 나무

"달콤함이 흘러흘러, 너에게 흘러흘러."

사랑해_달 나무

"사랑에 빠진 나. 사랑에 빠진 너."

사랑해_달 나무 I 60.6x60.6cm I Oil on canvas I 2022

사랑해_딸기도넛 나무

"사랑은 나누는 거야."

사랑해_딸기도넛 나무 I 60.6x60.6cm I Oil on canvas I 2022

사랑해_포도 나무

"두렵지 않아. 불안하지 않아. 함께 있잖아."

사랑해_포도 나무 I 60.6x60.6cm I Oil on canvas I 2022

사랑해_별 나무

"가족이 되어 줘서 고마워."

사랑해_별 나무 | 60.6x60.6cm | Oil on canvas | 2022

줄 수 있는 게 사랑뿐이야_빨간 사과나무 | 53x45.5cm | Oil on canvas | 2023

줄 수 있는 게 사랑뿐이야_빨간 사과나무

"사랑이 전부야."

마음을 줄게_초록 사과나무 | 72.7x60.6cm | Oil on canvas | 2024

마음을 줄게_초록 사과나무

"마음을 준다는 건… 가장 큰 선물이야."

너가 어디에 있든_얼음 나무

"마음만 있다면 어디든 갈 수 있어."

너가 어디에 있든_얼음 나무 I 53x45.5cm I Oil on canvas I 2023

하늘만큼 바다만큼_얼음 나무

"하늘만큼 바다만큼 사랑해."

하늘만큼 바다만큼_얼음 나무 | 53x45.5cm | Oil on canvas | 2022

사랑하는 나무와 친구들은 서로를 위로하고, 응원했습니다.

잠시 쉬어도 괜찮아_얼음 나무 I 100x72.7cm I Oil on canvas I 2021

잠시 쉬어도 괜찮아_얼음 나무

"힘드니? 잠시 쉬어도 괜찮아.
이 순간이 너에게 감동을 줄 거야."

"항상 널 응원해."

항상 널 응원해_빨간 사과나무 | 65.1x90.9cm | Oil on canvas | 2022

내가 있잖아_우산 나무

"너도 있고, 나도 있고, 우리가 있잖아."

내가 있잖아_우산 나무 | 45.5x45.5cm | Oil on canvas | 2023

충전이 필요해_초코도넛 나무

"이제 충전 됐어. 다시 해 볼까?"

충전이 필요해_초코도넛 나무 | 45.5x45.5cm | Oil on canvas | 2022

나 꿈이 생겼어_롤리팝 나무

"이제 뭐든 할 수 있을 것 같아. 나 꿈이 생겼거든."

나 꿈이 생겼어_롤리팝 나무 | 45.5x45.5cm | Oil on canvas | 2022

넌 나의 소울메이트_체리 나무

"말하지 않아도 알아. 우린 소울메이트."

넌 나의 소울메이트_체리 나무 ǀ 45.5x45.5cm ǀ Oil on canvas ǀ 2022

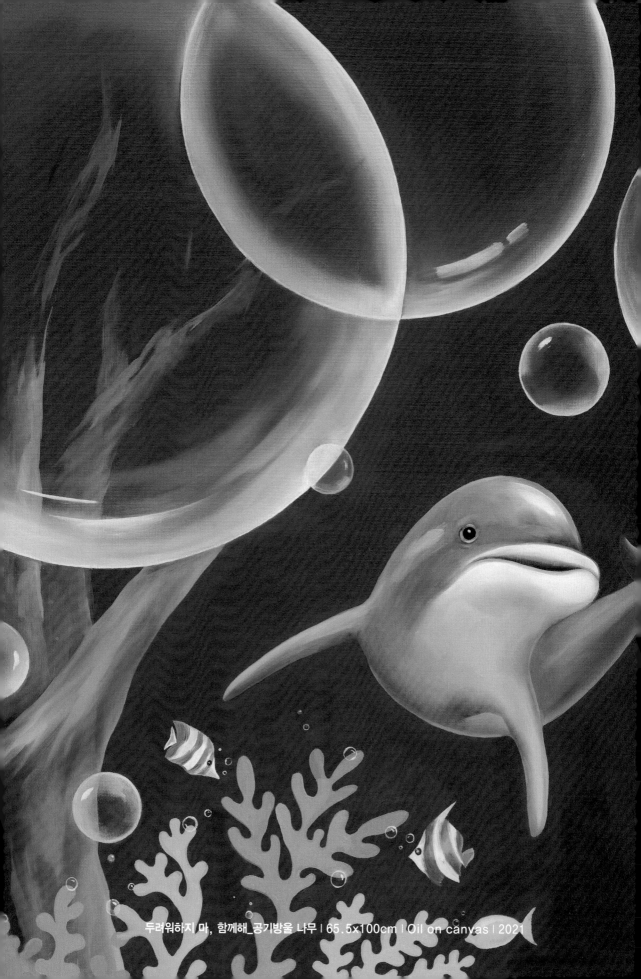

두려워하지 마, 함께해_공기방울 나무 | 65.5x100cm | Oil on canvas | 2021

"두려워하지 마, 함께해."

혼자 있고 싶어_달 나무 | 80.3x80.3cm | Oil on canvas | 2021

혼자 있고 싶어_달 나무

"나 혼자인 거 맞니? 맞냐고!"

마음을 활짝 열어_빙하 나무 | 72.7x116.7cm | Oil on canvas | 2021

"이렇게 마음을 활짝 열어 봐."

그대들의 항해를 위하여_착한 친구들 ǀ 91×116.7cm ǀ Oil on canvas ǀ 2024

"그대들의 항해를 위하여."

세상에 홀로 있는 나무들에게!

지금 이 순간에도 묵묵히, 때론 외롭게

자리를 지키고 있을 나무들아.

세상에는 생각보다 좋은 친구들이 많은것 같아.

먼저 용기 내서 마음을 열면 어느새 친구들과

행복한 시간들을 함께하고 있을거야.

자신만의 커다랗고 풍성한 열매들로

마음껏 표현하고 서로 사랑하며 살아가길 바래.

항상 응원할게. 사랑해.

                                    - 나무와 친구들 -

자신과 소중한 사람들에게
전해 줄 사랑이 가득 채워지기를!

김경아 작가 작품 원화 문의

✉ youth0312@naver.com

🅾 artist_kakim0312

닮은 우리, 다른 우리
그래도 사랑이야

펴 낸 날 2025년 3월 20일

지 은 이 김경아
펴 낸 이 이기성
기획편집 이지희, 서해주, 김정훈
디 자 인 김경아
책임마케팅 강보현, 이수영
펴 낸 곳 도서출판 생각나눔
출판등록 제 2018-000288호
주 소 경기도 고양시 덕양구 청초로 66, 덕은리버워크 B동 1708, 1709호
전 화 02-325-5100
팩 스 02-325-5101
홈페이지 www.생각나눔.kr
이 메 일 bookmain@think-book.com

• 책값은 표지 뒷면에 표기되어 있습니다.
ISBN 979-11-7048-855-2(03810)